ORN

cœur de chien

PATRICK COTHIAS

OLIVIER TAFFIN

DARGAUD EDITEUR

PARIS • BARCELONE • LAUSANNE • LONDRES • MILAN • MONTREAL • NEW YORK • STUTTGART

Dépôt légal : Avril 1986
I S B N 2-205-02192-3
I S S N 0758 - 4571
Imp. en France en Avril 1986 - Imprimerie du Marval / 94400 Vitry-sur-Seine
Printed in France

C'ÉTAIT IL Y A LONGTEMPS, À LA NAISSANCE DU MONDE... LA TERRE ÉTAIT DÉJÀ UNE PLANÈTE VERTE ET BLEUE, MAIS N'AVAIT PAS LE NOM QU'ON LUI PRÊTE AUJOURD'HUI.
DANS LE LIT DES RIVIÈRES OU DANS LES OCÉANS, AU FOND DES EAUX DORMANTES, DES LACS ET DES MARAIS, VIVAIENT DES CRÉATURES...
LA PLUS AGÉE D'ENTRE ELLES AVAIT POUR NOM HYDOR... SEIGNEUR ET SORCIER-ROI DE L'UNIVERS LIQUIDE, HÉRITIER DES SECRETS DES PUISSANCES AQUATIQUES
D'AUTRES PEUPLAIENT LES ESPACES AÉRIENS... AER ÉTAIT LEUR MAÎTRE, AER LE TRÈS ANCIEN, HÉRITIER ET GARDIEN DES PUISSANCES DE L'ÉTHER...
D'AUTRES ENCORE HABITAIENT LES CAVERNES FLAMBOYANTES, LÀ OÙ GRONDE LA FOURNAISE, LE MAGMA TORRÉFIÉ, L'INCANDESCENCE AVEUGLE QUI RONGE, DÉVORE RAVAGE..
LEUR SORCIER-ROI SE NOMME PYROS LE FOU-SANGLANT, PYROS L'OMBRE ÉCARLATE... NOIR ET ROUGE COMME LE FEU DONT IL EST LE SEIGNEUR ET LE MAÎTRE ABSOLU.

EN CETTE ÉPOQUE LOINTAINE, LES TERRES ÉMERGÉES N'ONT PAS ENCORE PRIS FORME DE CONTINENTS... DE PAISIBLES CRÉATURES VIVENT SUR LES ILOTS DE ROCAILLE...
...ET SEULES CES CRÉATURES MÉRITENT LE NOM D'HUMAINS.
LE MAÎTRE DE CES PEUPLES SE NOMME "GÉ".
GÉ TRAVAILLE COMME LES AUTRES À LABOURER LA TERRE ET GARDER LES BREBIS... IL RÉCOLTE COMME LES AUTRES LE PRIX DE SA SUEUR
LE DÉFILÉ DES JOURS A BLANCHI SES CHEVEUX ET VOÛTÉ SES ÉPAULES MAIS IL EST FORT ENCORE, ROBUSTE COMME UN CHÊNE.

GÉ SUPPORTE LES ANNÉES AVEC PHILO-SOPHIE, SANS LE MOINDRE REGRET NI LA MOINDRE AMERTUME... LES ARBRES LES PLUS VIEUX DONNENT LES FRUITS LES PLUS DOUX
GÉ EST LE QUATRIÈME ET DERNIER SORCIER-ROI, MAÎTRE-MAGE ET GARDIEN DES FORCES TELLURIQUES.
HÉRITIER DES SECRETS DU CYCLE MINÉRAL...
PARFOIS, D'ÉTRANGES FUMÉES MÊLÉES DE ROUGEOIMENTS MONTENT DU PETIT VOLCAN QUI SURPLOMBE LE VILLAGE...
...ET LES ÉCHOS CONFUS DES TRAVAUX SOUTERRAINS RÉSONNENT DANS L'AIR DU SOIR ET DU PETIT MATIN...
SOUFFLES SINISTRES ET RAUQUES, RICANEMENTS DÉMONIAQUES, MARTÈLEMENT DU MÉTAL SUR L'ENCLUME DES TITANS, DANS LES FORGES DE PYROS, LE GRAND MAÎTRE DU FEU
MAIS NUL NE SONGE À S'INQUIÉTER DE CES ACTIVITÉS.... DEPUIS PLUS DE MILLE ANS, LES QUATRE SORCIERS-ROIS, DE L'EAU, DE L'AIR DU FEU ET DE LA TERRE VIVENT EN BON VOISINAGE.
LES HABITUDES S'INSTALLENT, LE BONHEUR ENDORT LA MÉFIANCE ET REND LES HOMMES IMPRÉVOYANTS.

GRRRR
PERSONNE N'OSE S'INQUIÉTER, SAUF, PEUT-ÊTRE, LE CHIEN.
GRAND CORNIAUD AU POIL RUDE, BATARD SANS DIEU NI MAÎTRE, LE CHIEN VA ET VIENT COMME ÇA LUI CHANTE, POUSSÉ PAR SES SEULS APPÉTITS...
...IL AIDE LES BERGERS À GARDER LEURS TROUPEAUX POUR LE SALAIRE D'UNE SOUPE D'UN OS OU D'UNE CARESSE.
WARF WARF
LE CHIEN NE SAIT QUE GRONDER, ABOYER OU JAPPER EN REMUANT LA QUEUE, ET PERSONNE NE LE REMARQUE VRAIMENT NI NE L'ÉCOUTE...
LE CHIEN EST À SA PLACE EXACTE DANS L'ORDRE DES CHOSES.
UN CHIEN PARMI LES HOMMES... RIEN DE PLUS NI DE MOINS...
SOUDAIN, UN GRAND SILENCE S'ABAT SUR LA VALLÉE COMME SI L'AIR REFUSAIT DE PORTER LES SONS...
...ET TANDIS QUE LES FUMÉES NOIRES SE DISSIPENT...

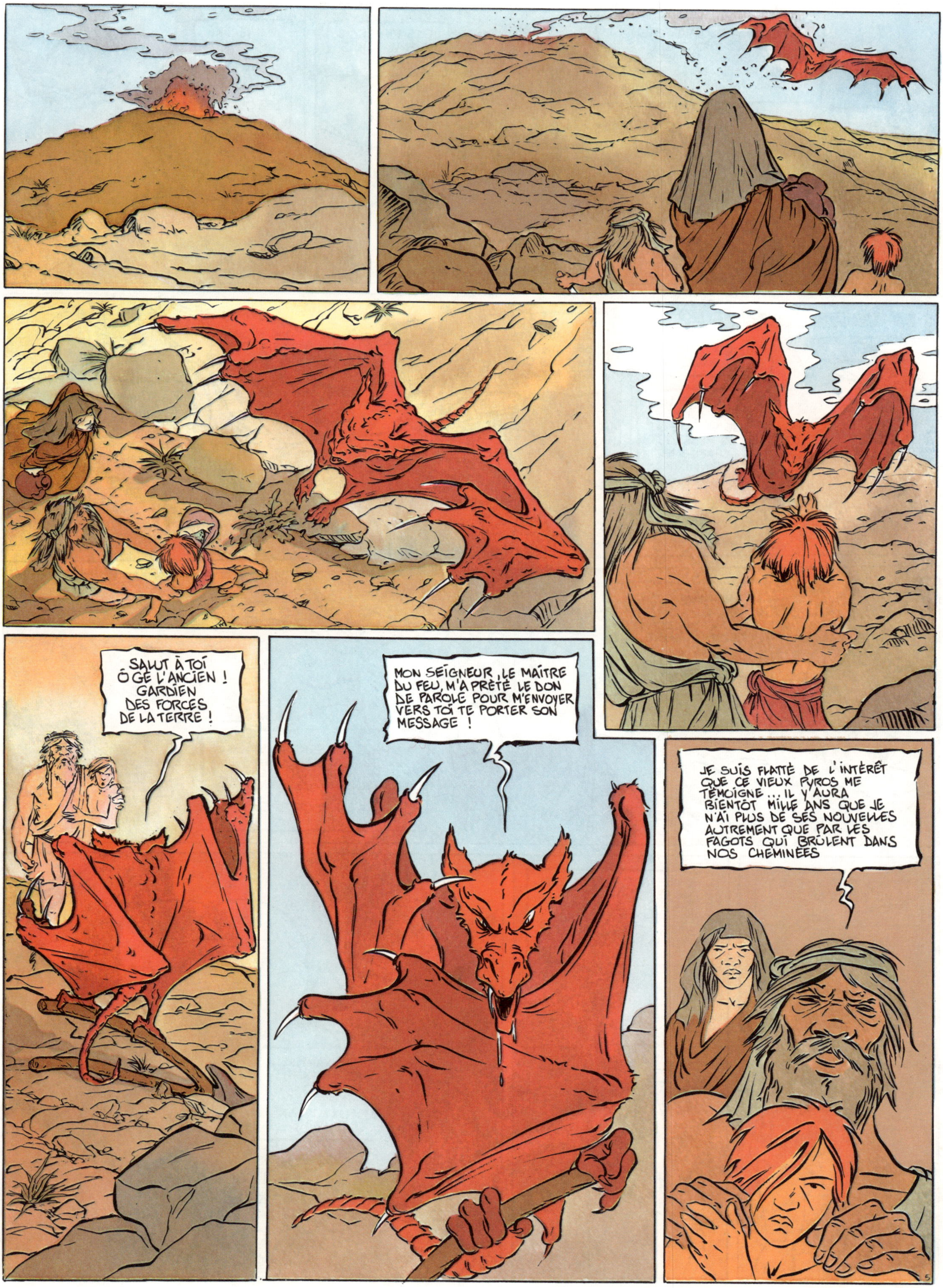
SALUT À TOÏ Ô GÉ L'ANCIEN ! GARDIEN DES FORCES DE LA TERRE !
MON SEIGNEUR, LE MAÎTRE DU FEU, M'A PRÊTÉ LE DON DE PAROLE POUR M'ENVOYER VERS TOI TE PORTER SON MESSAGE !
JE SUIS FLATTÉ DE L'INTÉRÊT QUE CE VIEUX PYROS ME TÉMOIGNE... IL Y AURA BIENTÔT MILLE ANS QUE JE N'AI PLUS DE SES NOUVELLES AUTREMENT QUE PAR LES FAGOTS QUI BRÛLENT DANS NOS CHEMINÉES

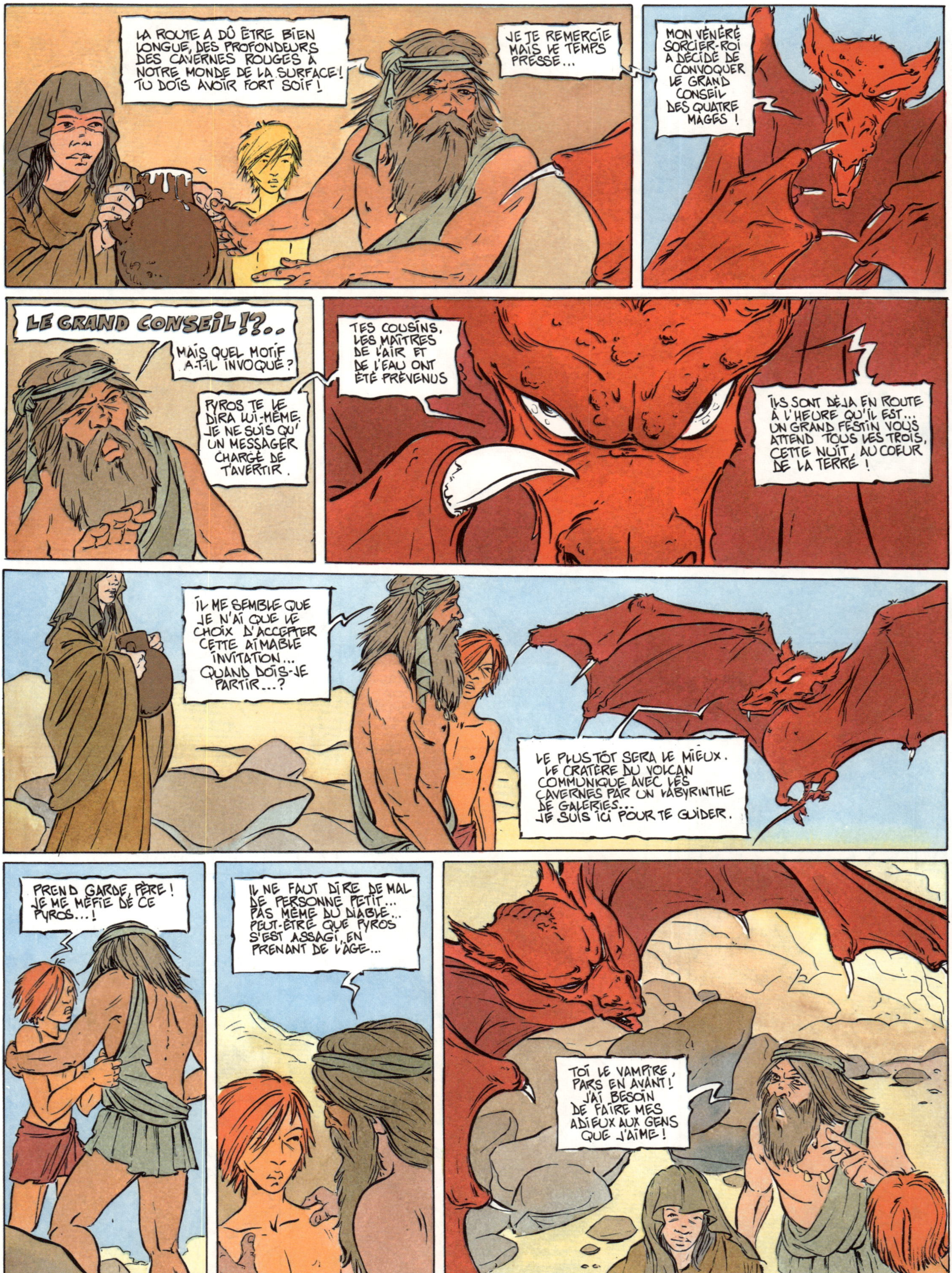
LA ROUTE A DÛ ÊTRE BIEN LONGUE, DES PROFONDEURS DES CAVERNES ROUGES À NOTRE MONDE DE LA SURFACE! TU DOIS AVOIR FORT SOIF!
JE TE REMERCIE MAIS LE TEMPS PRESSE...
MON VÉNÉRÉ SORCIER-ROI A DÉCIDÉ DE CONVOQUER LE GRAND CONSEIL DES QUATRE MAGES!
LE GRAND CONSEIL!?..
MAIS QUEL MOTIF A-T-IL INVOQUÉ?
PYROS TE LE DIRA LUI-MÊME. JE NE SUIS QU'UN MESSAGER CHARGÉ DE T'AVERTIR.
TES COUSINS, LES MAÎTRES DE L'AIR ET DE L'EAU ONT ÉTÉ PRÉVENUS
ILS SONT DÉJA EN ROUTE À L'HEURE QU'IL EST... UN GRAND FESTIN VOUS ATTEND TOUS LES TROIS, CETTE NUIT, AU COEUR DE LA TERRE!
IL ME SEMBLE QUE JE N'AI QUE LE CHOIX D'ACCEPTER CETTE AIMABLE INVITATION... QUAND DOIS-JE PARTIR...?
LE PLUS TÔT SERA LE MIEUX. LE CRATÈRE DU VOLCAN COMMUNIQUE AVEC LES CAVERNES PAR UN LABYRINTHE DE GALERIES... JE SUIS ICI POUR TE GUIDER.
PREND GARDE, PÈRE! JE ME MÉFIE DE CE PYROS...!
IL NE FAUT DIRE DE MAL DE PERSONNE PETIT... PAS MÊME DU DIABLE... PEUT-ÊTRE QUE PYROS S'EST ASSAGI EN PRENANT DE L'ÂGE...
TOI LE VAMPIRE, PARS EN AVANT! J'AI BESOIN DE FAIRE MES ADIEUX AUX GENS QUE J'AIME!

NE TARDE PAS TROP !
LA CRÉATURE EST LOIN... NOUS POUVONS PARLER SANS CRAINTE.
D'ABORD, À TOI ORN, MON FILS. TU N'AS QUE 14 ANS, MAIS LE JOUR VIENDRA OÙ TU DEVRAS ME REMPLACER.
TU DOIS APPRENDRE QU'UN ROI N'EST PAS LE MAÎTRE DE SON PEUPLE, MAIS, COMME LE BERGER QUI VEILLE SUR SON TROUPEAU, IL EN EST LE PROTECTEUR... IL LES GARDE DES LOUPS ET DES VAUTOURS... LE BONHEUR DE SES BREBIS EST SON PREMIER SOUCI.
JE SAIS CELA PÈRE... TU POURRAS COMPTER SUR MOI QUAND LE MOMENT SERA VENU NOUS AURONS BIEN L'OCCASION DE REPARLER DE TOUTES CES CHOSES.
QUI SAIT PETIT ? QUI PEUT SAVOIR
APPROCHE SILICE !
PAR L'ARGILE, ET LE ROC !
PAR L'HUMUS ET LA BOUE !

MOI, GÉ, FILS DE TERRA... SORCIER ROI, MAITRE-MAGE..
HÉRITIER ET GARDIEN DES FORCES TELLURIQUES !
JE CONFIE À SILICE..
MA PART DU MONDE ET MES POUVOIRS !
BRRR BRR BRRR...
VOILÀ, C'EST CHOSE FAITE. MA MAGIE DÉSORMAIS T'APPARTIENT
ET MAINTENANT ADIEU ! LE VAMPIRE S'IMPATIENTE.
JE SUIS PRÊT.

SOIT LE BIENVENU CÉ L'ANCIEN!!
À PARTIR DE CET INSTANT, IL N'Y AURA JAMAIS PLUS DE CONSEIL DES QUATRE SAGES... JE POSSÈDE ENFIN LA TOTALITÉ DE VOS POUVOIRS. L'EAU BOUT, L'AIR NE SOUFFLE PLUS QUE DES FLAMMES...
IL NE ME MANQUAIT PLUS QUE TA PETITE PART DU MONDE. COMME AER ET HYDOR, JE TE REMERCIE DE ME L'OFFRIR SI GRACIEUSEMENT POUR QUE COMMENCE MON RÈGNE!...

C'ÉTAIT IL Y A LONGTEMPS, À LA NAISSANCE DU MONDE. QUELQUE PART DANS L'ESPACE, UN ORDRE FRAGILE SOUDAIN BASCULA...
LA PLANÈTE VERTE ET BLEUE S'EMBRASAIT... CELA AURAIT PU ÊTRE LA FIN DES TEMPS...
.. ET POURTANT, L'HISTOIRE COMMENÇAIT!.. CAR LA TERRE AVAIT ORGANISÉ SA RÉSISTANCE..
DANS SA GRANDE SAGESSE, LA TERRE AVAIT PRÉSERVÉ, SUR UN ÎLOT DE ROCAILLE, AU COEUR DU DÉSÉQUILIBRE, FACE AUX CRÉATURES POSSÉDÉES, DÉCHAÎNÉES DE L'AIR ET DE L'EAU, FACE À LA RAGE DE PYROS....
...: TROIS ÊTRES FRAGILES, TROIS ÊTRES POUR QUI, DÉSORMAIS, PLUS RIEN, JAMAIS, NE SERAIT PAISIBLE.

TROIS FOIS, DEPUIS QUE LE VIEUX GÉ AVAIT DISPARU, LE SOLEIL S'ÉTAIT LEVÉ, CHAQUE FOIS UN PEU PLUS CHAUD, CHAQUE FOIS UN PEU PLUS ROUGE... L'AIR ÉTAIT SEC ET LOURD, LA MER ÉTRANGEMENT CALME... AER, HYDOR ET GÉ AVAIENT REJOINT PYROS, DANS LES ENTRAILLES DU MONDE... LE MAÎTRE DU FEU DANS LA DÉMESURE DE SES APPÉTITS, S'APPRÊTAIT À DÉVORER LE MONDE.
MÈRE ! MÈRE ! NE RESTE PAS AINSI !
MÈRE ! QUE S'EST-IL PASSÉ ? QUE T'EST-IL ARRIVÉ ? PEUX-TU SEULEMENT M'ENTENDRE ?
LE CHIEN REGARDE LE GARÇON, IL S'EFFORCE DE COMPRENDRE
BIEN SÛR, LE CHIEN NE DISPOSE PAS DE MOTS CAPABLES D'ORIENTER LE COURS DE SES PENSÉES
MAIS IL POSSÈDE DES MOTS-REGARDS QUI LUI PERMETTENT DE SAISIR ET D'EXPRIMER LES CHOSES, AU DELÀ DES APPARENCES...
LE CHIEN SENT LA PEUR DU GARÇON, SA CRAINTE D'AVOIR PERDU SA MÈRE ET IL VOUDRAIT LE RASSURER, LUI EXPLIQUER : SILICE N'EST PAS PERDUE, SILICE EST TOUJOURS LÀ, SIMPLEMENT DIFFÉRENTE, DANS CE BOIS D'OLIVIER DONT LES RACINES S'ENFONCENT DANS LE SEL DE LA TERRE...
POUR Y PUISER DES FORCES NOUVELLES...

MAÏS LE CHIEN N'EST QU'UN CHIEN, IL S'EXPRIME COMME UN CHIEN, AVEC DES MOTS DE CHIEN QU'AUCUN LANGAGE HUMAIN N'EST CAPABLE DE TRADUIRE..
MÈRE! C'EST TOI !?.. COMMENT?
CHUT ! NE DIS RIEN, LES MOTS NE FONT QUE TOUT EMBROUILLER.
OBSCURÉMENT, LE CHIEN SENT LE DANGER QUI RÔDE, L'APPROCHE DE QUELQUE-CHOSE QUE SA CHAIR CONNAÎT BIEN...
12

GRRRRR
L'ODEUR EST LÀ, QUI S'AMPLIFIE ET, À MESURE, LE CHIEN SENT LA COLÈRE MONTER EN LUI..
NON

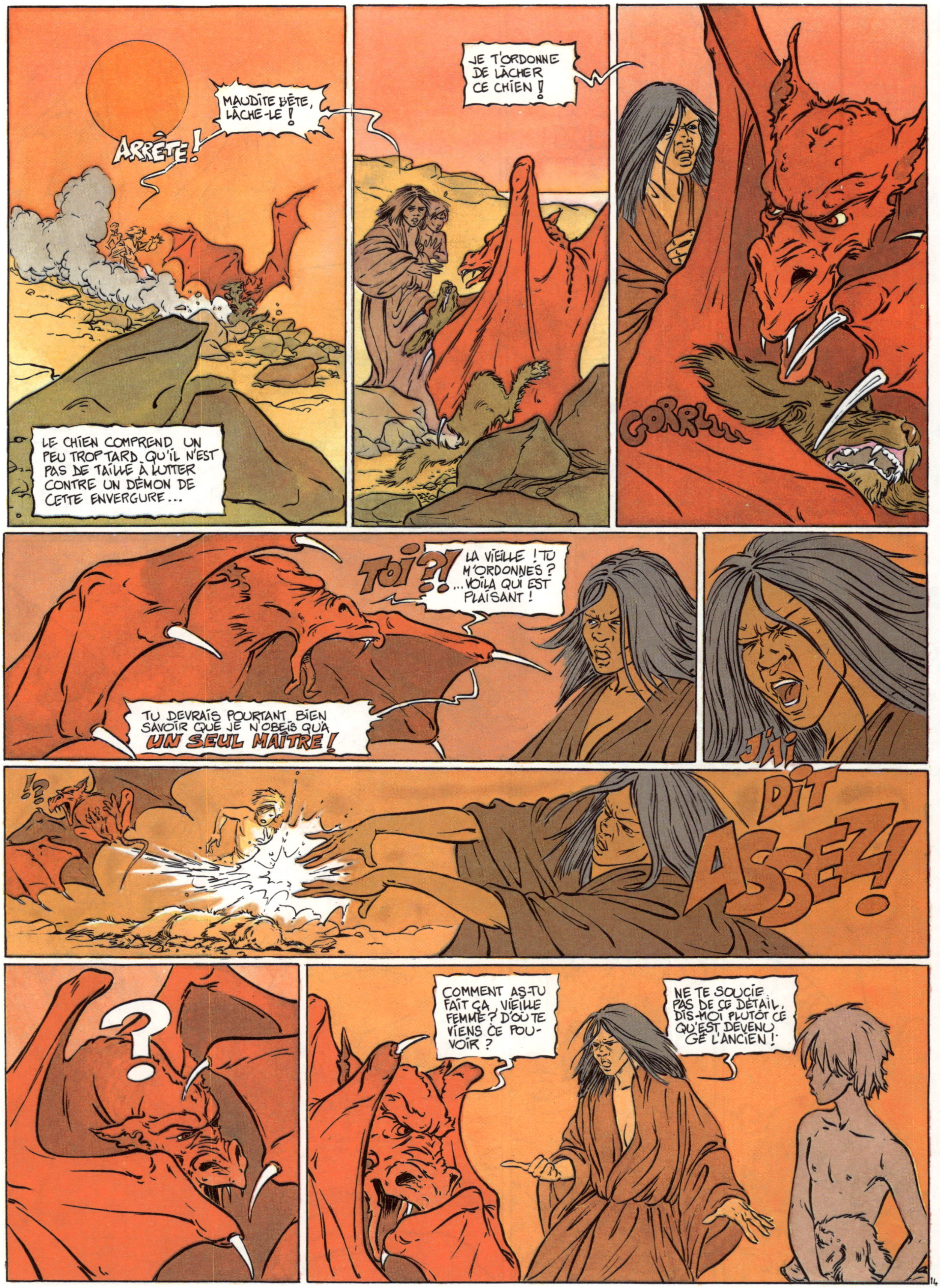
ARRÊTE !
MAUDITE BÊTE, LÂCHE-LE !
LE CHIEN COMPREND UN PEU TROP TARD QU'IL N'EST PAS DE TAILLE À LUTTER CONTRE UN DÉMON DE CETTE ENVERGURE...
JE T'ORDONNE DE LÂCHER CE CHIEN !
GORRLLL
TOI ?!
LA VIEILLE ! TU M'ORDONNES ? ...VOILÀ QUI EST PLAISANT !
TU DEVRAIS POURTANT BIEN SAVOIR QUE JE N'OBÉIS QU'À UN SEUL MAÎTRE !
J'AI DIT ASSEZ !
!?
?
COMMENT AS-TU FAIT ÇA, VIEILLE FEMME ? D'OÙ TE VIENS CE POUVOIR ?
NE TE SOUCIE PAS DE CE DÉTAIL, DIS-MOI PLUTÔT CE QU'EST DEVENU CE L'ANCIEN !

LE GRAND CONSEIL DES QUATRE SAGES EST UN PEU PLUS LONG QUE PRÉVU, MAIS NE CRAINS RIEN, TOUT VA TRÈS BIEN !
PYROS A FAIT LES CHOSES EN GRAND, ET SES ILLUSTRES INVITÉS NE RISQUENT PAS DE MANQUER DE CHALEUR POUR UN SACRÉ BOUT DE TEMPS... HÉ HÉ..
JE DÉTESTE TON IRONIE, POURQUOI NE PAS PARLER FRANCHEMENT ?
TON ÉPOUX EST VIVANT ! SI C'EST CE QUI T'IMPORTE, MAIS JE CRAINS QUE TU NE PUISSES LE REVOIR DE SITÔT...
TU CONNAIS LES INSATIABLES APPÉTITS DE MON MAÎTRE... GÉ EST DEVENU SON SERVITEUR.
JE N'EN CROIS RIEN, GÉ N'EST PAS SEUL, AER ET HYDOR SONT AVEC LUI... RÉUNIS ; LEUR MAGIE EST IMMENSE.. PYROS N'A PU LES ATTAQUER DE FRONT !
BAH, NOS MAÎTRES ONT PARFOIS DE CURIEUSES NAÏVETÉS. PYROS A OFFERT À CHACUN UN BEAU COLLIER QU'AUCUNE PUISSANCE SUR TERRE, DANS LES AIRS OU DANS L'EAU NE SAURAIT ARRACHER. PAR CETTE ENTRAVE IRRÉDUCTIBLE, AER, HYDOR ET GÉ L'ANCIEN SONT CONTRAINTS D'OBÉIR AUX VOLONTÉS DE MON MAÎTRE.
... MAIS IL SUBSISTE UN PETIT PROBLÈME..
PYROS S'INQUIÉTAIT DU PEU DE POUVOIR QUE TON ÉPOUX LUI A CÉDÉ... J'ÉTAIS CHARGÉ DE M'INFORMER SUR CE MYSTÈRE. LE VOILÀ DISSIPÉ : LE VIEUX T'A CONFIÉ TOUS SES POUVOIRS !

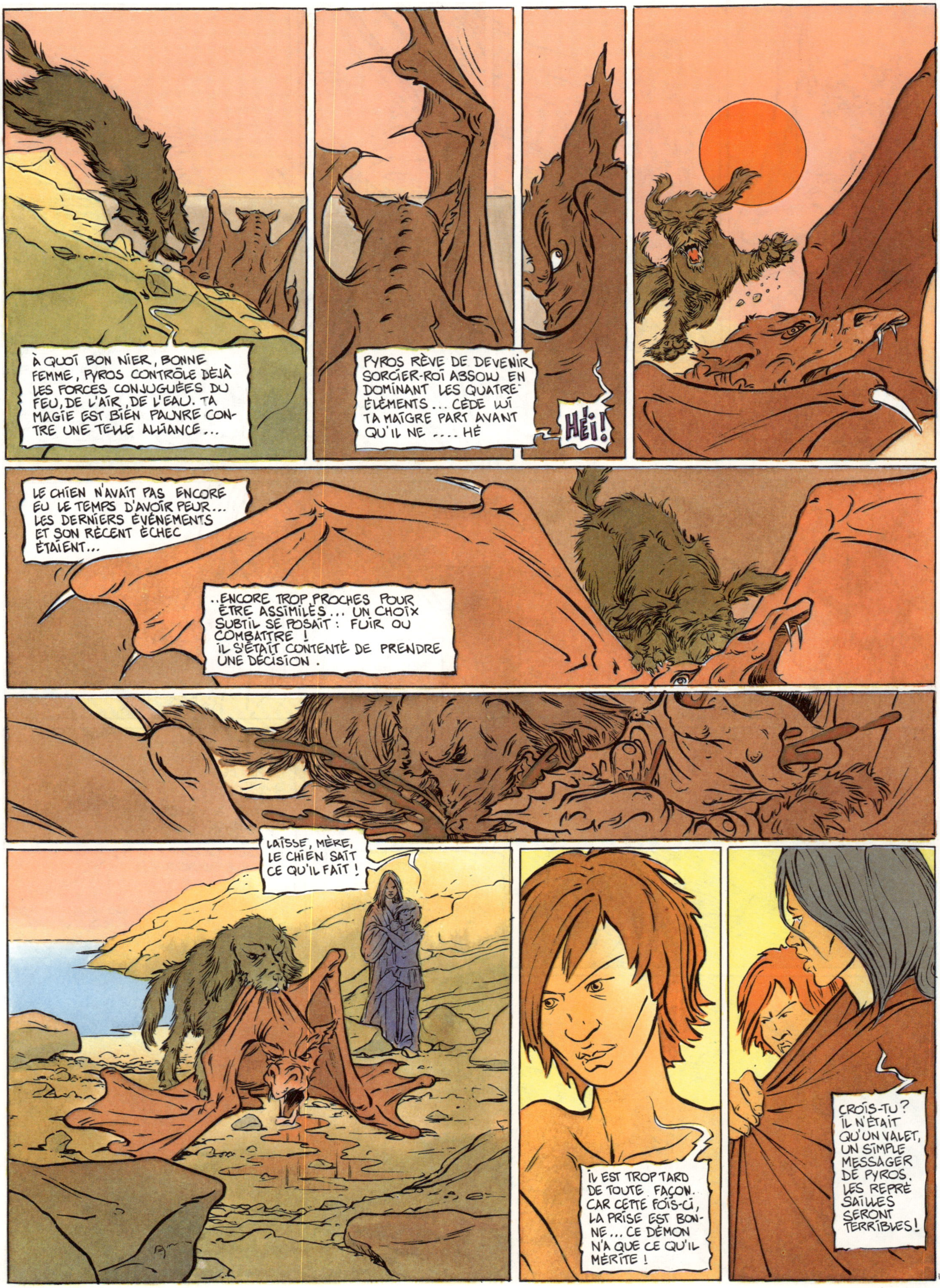
À QUOI BON NIER, BONNE FEMME, PYROS CONTRÔLE DÉJÀ LES FORCES CONJUGUÉES DU FEU, DE L'AIR, DE L'EAU. TA MAGIE EST BIEN PAUVRE CONTRE UNE TELLE ALLIANCE...
PYROS RÊVE DE DEVENIR SORCIER-ROI ASSOW EN DOMINANT LES QUATRE ÉLÉMENTS... CÈDE LUI TA MAIGRE PART AVANT QU'IL NE .... HÉ
HÉ!
LE CHIEN N'AVAIT PAS ENCORE EU LE TEMPS D'AVOIR PEUR... LES DERNIERS ÉVÉNEMENTS ET SON RÉCENT ÉCHEC ÉTAIENT...
..ENCORE TROP PROCHES POUR ÊTRE ASSIMILÉS... UN CHOIX SUBTIL SE POSAIT : FUIR OU COMBATTRE ! IL S'ÉTAIT CONTENTÉ DE PRENDRE UNE DÉCISION.
LAISSE, MÈRE, LE CHIEN SAIT CE QU'IL FAIT !
IL EST TROP TARD DE TOUTE FAÇON. CAR CETTE FOIS-CI, LA PRISE EST BONNE... CE DÉMON N'A QUE CE QU'IL MÉRITE !
CROIS-TU ? IL N'ÉTAIT QU'UN VALET, UN SIMPLE MESSAGER DE PYROS. LES REPRÉSAILLES SERONT TERRIBLES !

BAH, AU POINT OÙ EN SONT LES CHOSES, CELA FERA PEU DE DIFFÉRENCE...
QU'ALLONS-NOUS FAIRE, MAINTENANT ?
ATTENDRE PETIT, RIEN D'AUTRE QU'ATTENDRE...
...ET ESPÉRER QUE LE VAMPIRE NOUS A MENTI.
OOOOOOUUUUWOOOUUUWOOOOHUOOOUU
LE CHIEN HURLE À LA MORT... ON DIT QUE C'EST UN MAUVAIS PRÉSAGE !
ON DIT TELLEMENT DE CHOSES, PETIT..
..S'IL FALLAIT CROIRE TOUS CES PRÉSAGES, L'HOMME SE CACHERAIT DANS UN TROU...
..ET SE FERAIT APPELER TAUPE !
SILICE ! QUEL EST CE PRODIGE ?
LE CIEL EST ROUGE, COULEUR DE SANG ET LE SOLEIL S'EST PÉTRIFIÉ COMME SI LE TEMPS VENAIT DE S'ARRÊTER.
LA MER EST LISSE COMME UN MIROIR, JE NE SENS PLUS LE MOINDRE VENT...
HÉLAS, JE N'AI PAS DE RÉPONSE...
ALLEZ, L'INQUIÉTUDE QUI NOUS TARAUDE LA TÊTE NE DOIT PAS NOUS FAIRE OUBLIER LA FAIM DU VENTRE !
RENTREZ CHEZ VOUS, DINEZ, DORMEZ, LA NUIT VIENDRA BIEN ASSEZ TÔT.

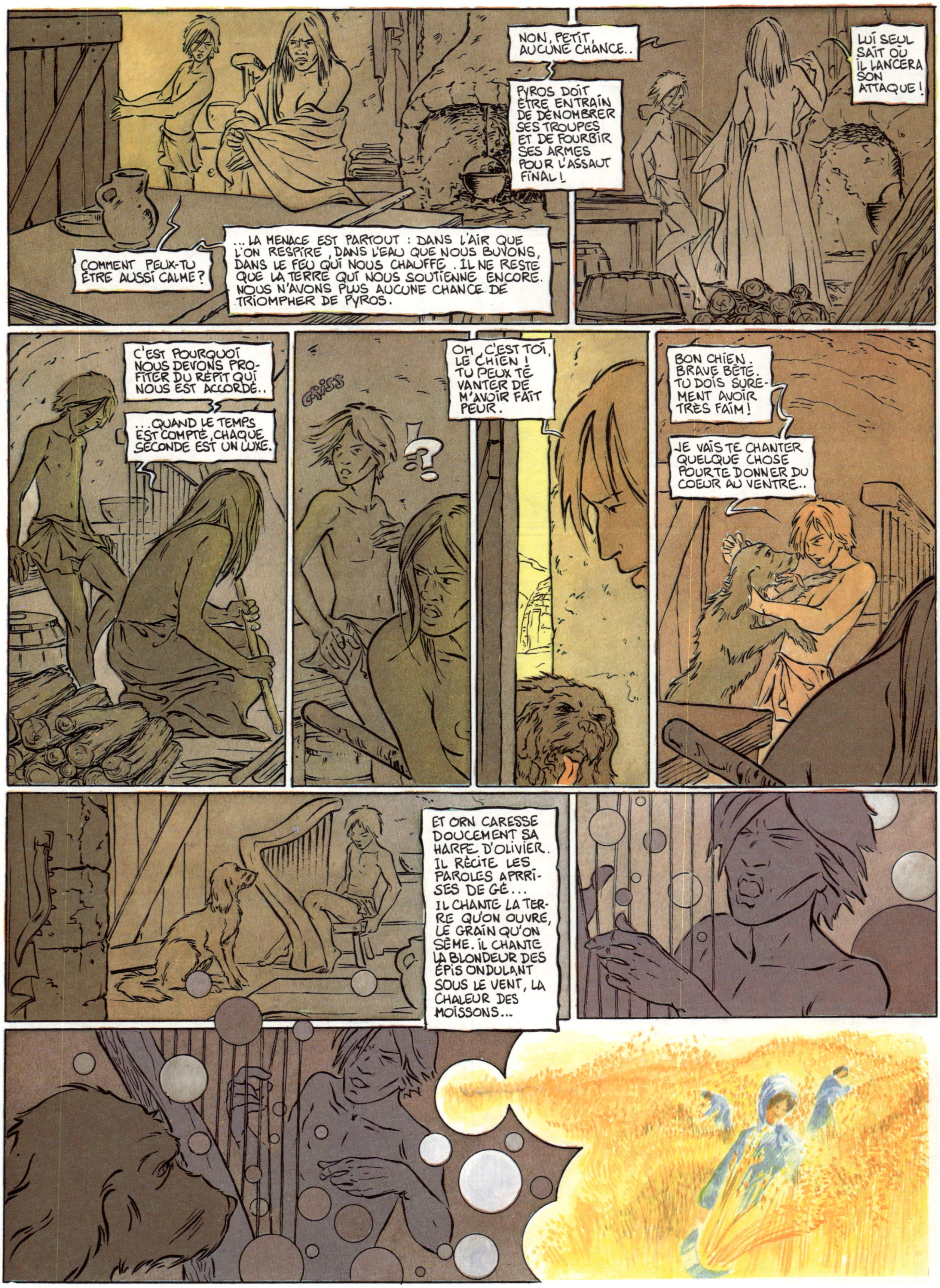
COMMENT PEUX-TU ÊTRE AUSSI CALME?
... LA MENACE EST PARTOUT : DANS L'AIR QUE L'ON RESPIRE, DANS L'EAU QUE NOUS BUVONS, DANS LE FEU QUI NOUS CHAUFFE. IL NE RESTE QUE LA TERRE QUI NOUS SOUTIENNE ENCORE. NOUS N'AVONS PLUS AUCUNE CHANCE DE TRIOMPHER DE PYROS.
NON, PETIT, AUCUNE CHANCE..
PYROS DOIT ÊTRE EN TRAIN DE DÉNOMBRER SES TROUPES ET DE FOURBIR SES ARMES POUR L'ASSAUT FINAL !
LUI SEUL SAIT OÙ IL LANCERA SON ATTAQUE !
C'EST POURQUOI NOUS DEVONS PROFITER DU RÉPIT QUI NOUS EST ACCORDÉ..
..QUAND LE TEMPS EST COMPTÉ, CHAQUE SECONDE EST UN LUXE.
CRISS
!?
OH, C'EST TOI, LE CHIEN ! TU PEUX TE VANTER DE M'AVOIR FAIT PEUR.
BON CHIEN. BRAVE BÊTE. TU DOIS SÛREMENT AVOIR TRÈS FAIM !
JE VAIS TE CHANTER QUELQUE CHOSE POUR TE DONNER DU COEUR AU VENTRE..
ET ORN CARESSE DOUCEMENT SA HARPE D'OLIVIER. IL RÉCITE LES PAROLES APPRISES DE GÉ... IL CHANTE LA TERRE QU'ON OUVRE, LE GRAIN QU'ON SÈME. IL CHANTE LA BLONDEUR DES ÉPIS ONDULANT SOUS LE VENT, LA CHALEUR DES MOISSONS...

ORN CHANTE LA VIGNE ET LE RAISIN...
IL CHANTE LES CHÈVRES ET LES MOUTONS. IL CHANTE LA LAINE ET LE FROMAGE
IL CHANTE LE FIL DES JOURS QUI PASSENT ET LES COULEURS DES 4 SAISONS D'UN MONDE DÉSORMAIS DISPARU...
LE FEU RONFLE ÉTRANGEMENT DANS LA GRANDE CHEMINÉE...
SOUDAIN..
PRENDS GARDE! LE FEU NE RÉPOND PLUS!
?!
IL N'OBEIT PLUS! IL FAUT CHERCHER DE L'EAU!
C'EST INUTILE!

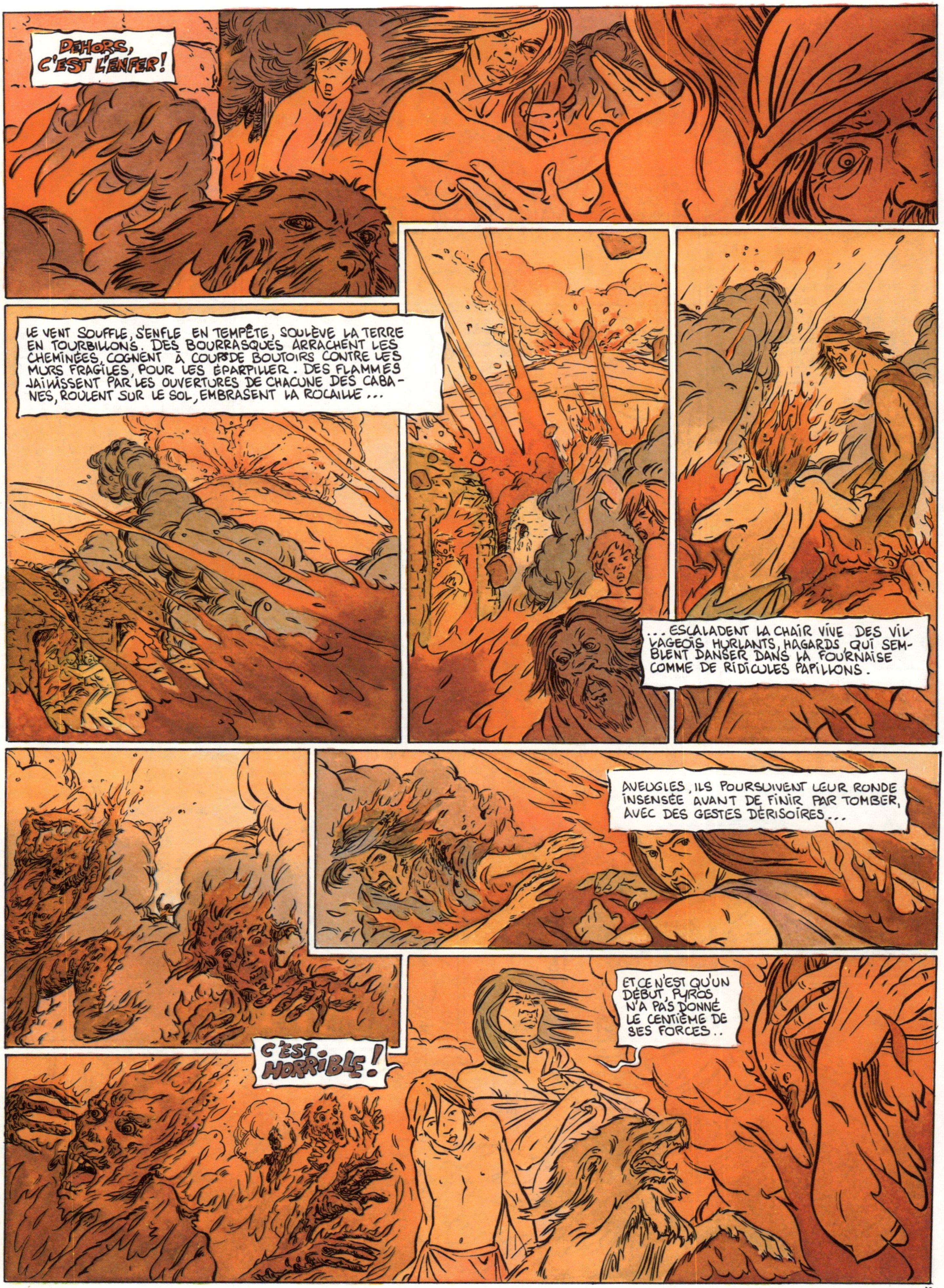
DEHORS, C'EST L'ENFER!
LE VENT SOUFFLE, S'ENFLE EN TEMPÊTE, SOULÈVE LA TERRE EN TOURBILLONS. DES BOURRASQUES ARRACHENT LES CHEMINÉES, COGNENT À COUPS DE BOUTOIRS CONTRE LES MURS FRAGILES, POUR LES ÉPARPILLER. DES FLAMMES JAILLISSENT PAR LES OUVERTURES DE CHACUNE DES CABANES, ROULENT SUR LE SOL, EMBRASENT LA ROCAILLE...
... ESCALADENT LA CHAIR VIVE DES VILLAGEOIS HURLANTS, HAGARDS, QUI SEMBLENT DANSER DANS LA FOURNAISE COMME DE RIDICULES PAPILLONS.
AVEUGLES, ILS POURSUIVENT LEUR RONDE INSENSÉE AVANT DE FINIR PAR TOMBER, AVEC DES GESTES DÉRISOIRES...
C'EST HORRIBLE!
ET CE N'EST QU'UN DÉBUT, PYROS N'A PAS DONNÉ LE CENTIÈME DE SES FORCES..

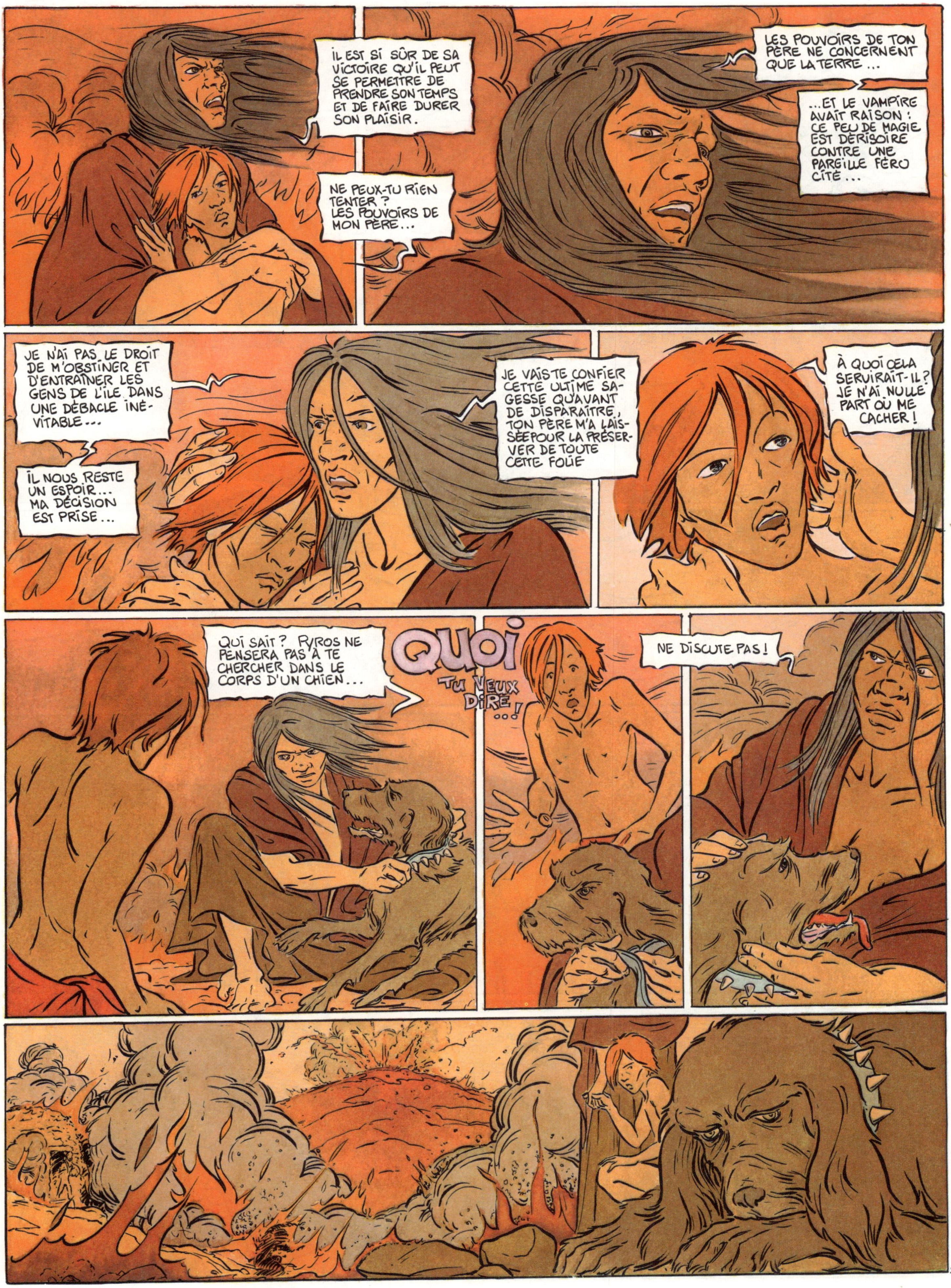
IL EST SI SÛR DE SA VICTOIRE QU'IL PEUT SE PERMETTRE DE PRENDRE SON TEMPS ET DE FAIRE DURER SON PLAISIR.
NE PEUX-TU RIEN TENTER ? LES POUVOIRS DE MON PÈRE...
LES POUVOIRS DE TON PÈRE NE CONCERNENT QUE LA TERRE...
...ET LE VAMPIRE AVAIT RAISON : CE PEU DE MAGIE EST DÉRISOIRE CONTRE UNE PAREILLE FÉRO CITÉ...
JE N'AI PAS LE DROIT DE M'OBSTINER ET D'ENTRAÎNER LES GENS DE L'ÎLE DANS UNE DÉBACLE INÉ-VITABLE...
IL NOUS RESTE UN ESPOIR... MA DÉCISION EST PRISE...
JE VAIS TE CONFIER CETTE ULTIME SA-GESSE QU'AVANT DE DISPARAÎTRE, TON PÈRE M'A LAIS-SÉE POUR LA PRÉSER-VER DE TOUTE CETTE FOLIE
À QUOI CELA SERVIRAIT-IL ? JE N'AI NULLE PART OÙ ME CACHER !
QUI SAIT ? PYROS NE PENSERA PAS À TE CHERCHER DANS LE CORPS D'UN CHIEN...
QUOI TU VEUX DIRE..!
NE DISCUTE PAS !

CRRBRRRCRABRRAOUM
BRRAOOUMM
PAR LE SABLE ET L'ÉCORCE, PAR L'ARGILE ET LA SÈVE, JE LÈGUE À ORN, MON FILS, LE CONTRÔLE DES PUISSANCES DE LA TERRE !
QUE MON FILS ET LE CHIEN ÉCHANGENT LEURS APPARENCES !
VOILÀ ! C'EST FAIT ! ADIEU, MON FILS, TU RETROUVERAS TA VRAIE NATURE ET LES POUVOIRS QUI SONT EN TOI DÈS LORS QUE LE CHIEN PÉRIRA...
QUANT À TOI, "CHIEN", VIENS AVEC MOI ET TÂCHE D'ÊTRE BON COMÉDIEN ...
JE FERAI EN SORTE QUE PYROS SE CHARGE DE CE PETIT DÉTAIL
EN ATTENDANT, RESTE DISCRET ET ESSAIE DE T'HABITUER À TES QUATRE PATTES PROVISOIRES.

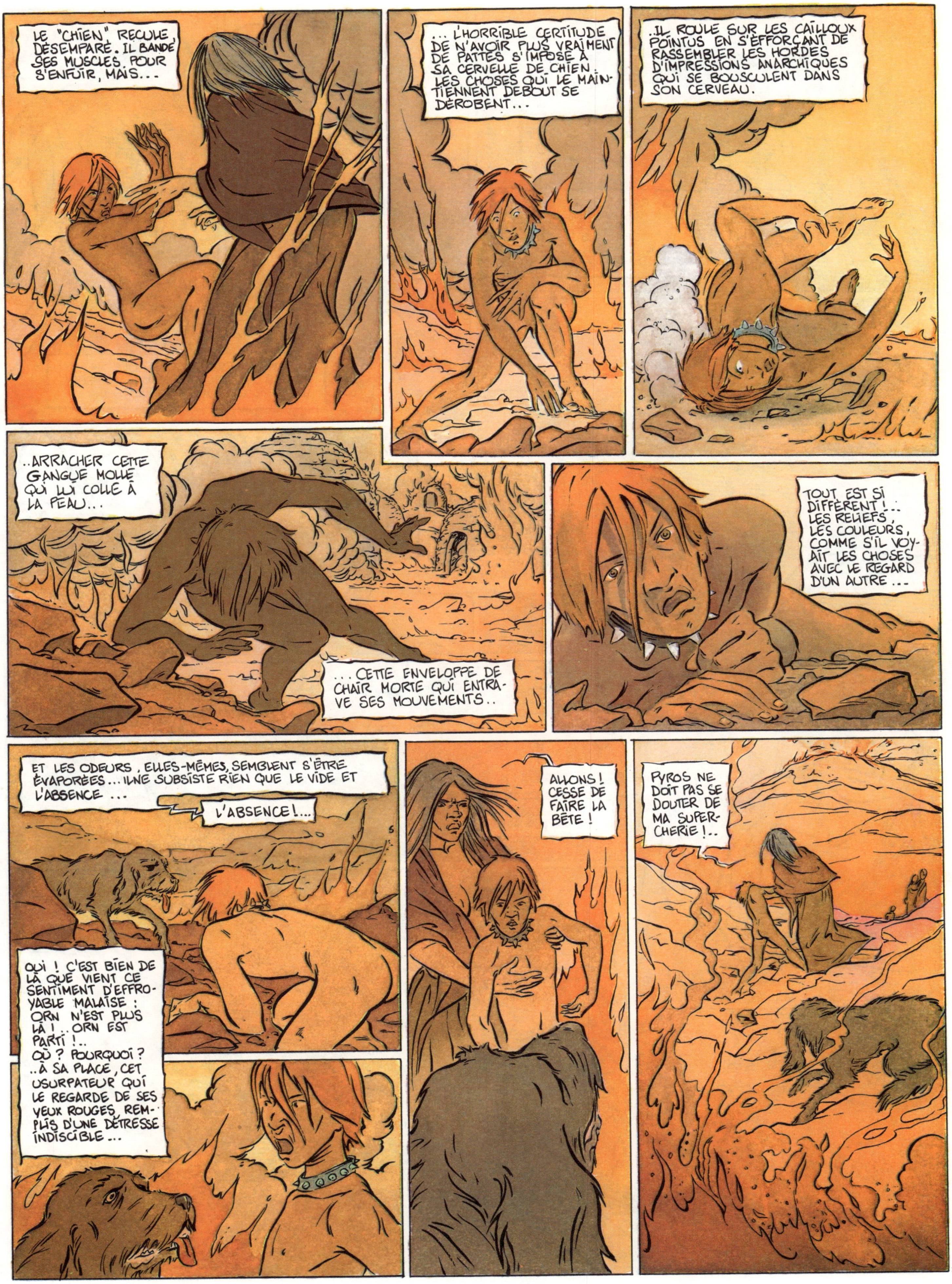
LE "CHIEN" RECULE, DÉSEMPARÉ. IL BANDE SES MUSCLES POUR S'ENFUIR, MAIS...
... L'HORRIBLE CERTITUDE DE N'AVOIR PLUS VRAIMENT DE PATTES S'IMPOSE À SA CERVELLE DE CHIEN. LES CHOSES QUI LE MAINTIENNENT DEBOUT SE DÉROBENT...
.IL ROULE SUR LES CAILLOUX POINTUS EN S'EFFORÇANT DE RASSEMBLER LES HORDES D'IMPRESSIONS ANARCHIQUES QUI SE BOUSCULENT DANS SON CERVEAU.
..ARRACHER CETTE GANGUE MOLLE QUI LUI COLLE À LA PEAU...
...CETTE ENVELOPPE DE CHAIR MORTE QUI ENTRAVE SES MOUVEMENTS..
TOUT EST SI DIFFÉRENT!.. LES RELIEFS, LES COULEURS, COMME S'IL VOYAIT LES CHOSES AVEC LE REGARD D'UN AUTRE...
ET LES ODEURS, ELLES-MÊMES, SEMBLENT S'ÊTRE ÉVAPORÉES... NE SUBSISTE RIEN QUE LE VIDE ET L'ABSENCE...
L'ABSENCE!...
OUI! C'EST BIEN DE LÀ QUE VIENT CE SENTIMENT D'EFFROYABLE MALAISE: ORN N'EST PLUS LÀ!..ORN EST PARTI!.. OÙ? POURQUOI? ..À SA PLACE, CET USURPATEUR QUI LE REGARDE DE SES YEUX ROUGES, REMPLIS D'UNE DÉTRESSE INDISCIBLE...
ALLONS! CESSE DE FAIRE LA BÊTE!
PYROS NE DOIT PAS SE DOUTER DE MA SUPERCHERIE!..

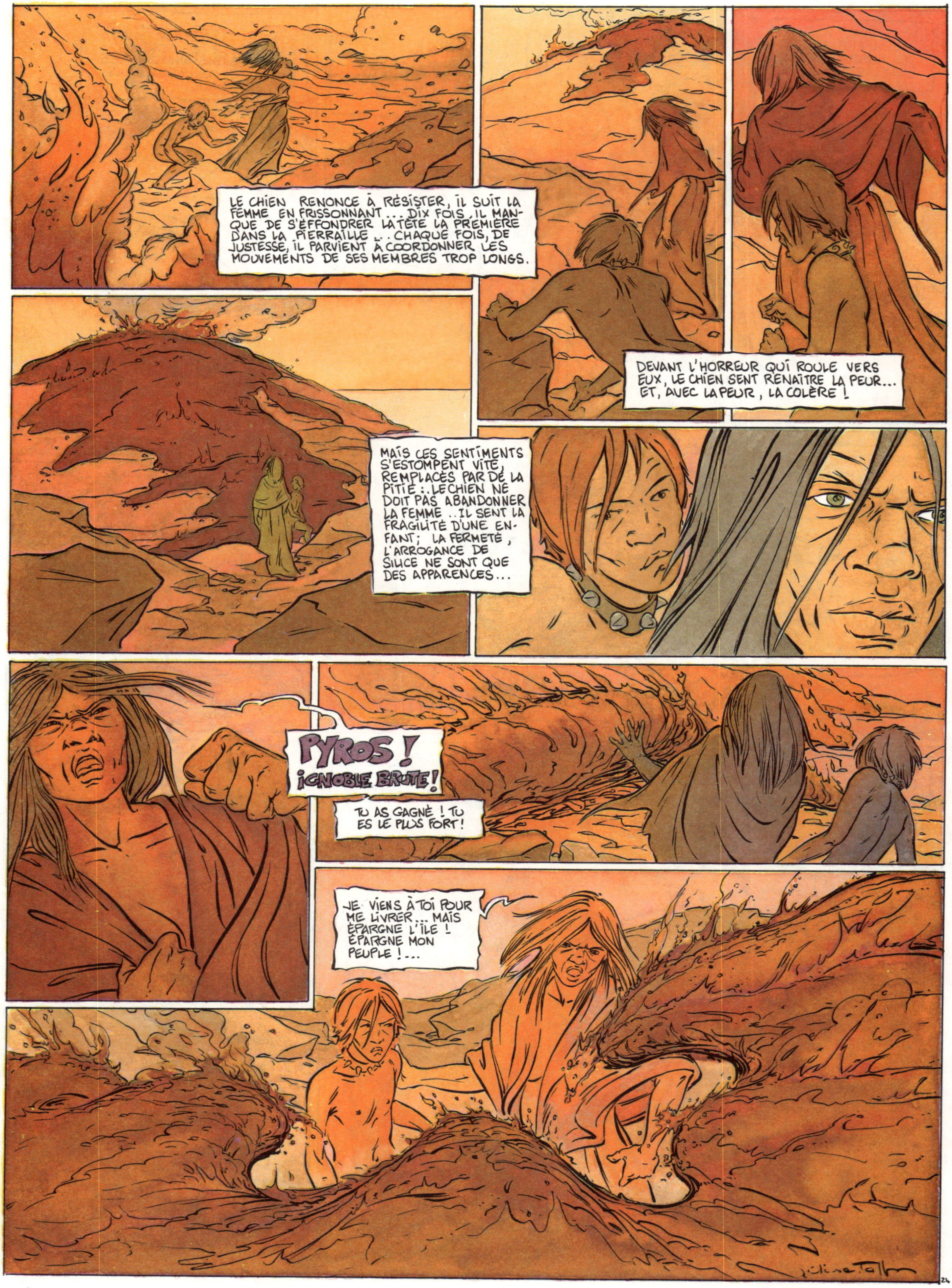

LE CHIEN RENONCE À RÉSISTER, IL SUIT LA FEMME EN FRISSONNANT ... DIX FOIS, IL MANQUE DE S'EFFONDRER LA TÊTE LA PREMIÈRE DANS LA PIERRAILLE ... CHAQUE FOIS, DE JUSTESSE, IL PARVIENT À COORDONNER LES MOUVEMENTS DE SES MEMBRES TROP LONGS.
DEVANT L'HORREUR QUI ROULE VERS EUX, LE CHIEN SENT RENAÎTRE LA PEUR... ET, AVEC LA PEUR, LA COLÈRE !
MAIS CES SENTIMENTS S'ESTOMPENT VITE, REMPLACÉS PAR DE LA PITIÉ :. LE CHIEN NE DOIT PAS ABANDONNER LA FEMME .. IL SENT LA FRAGILITÉ D'UNE ENFANT; LA FERMETÉ, L'ARROGANCE DE SILICE NE SONT QUE DES APPARENCES...
PYROS ! ¡GNOBLE BRUTE !
TU AS GAGNÉ ! TU ES LE PLUS FORT !
JE VIENS À TOI POUR ME LIVRER... MAIS ÉPARGNE L'ÎLE ! ÉPARGNE MON PEUPLE !...

TU ME SURPRENDS BEAUCOUP, SILICE. CE MANQUE DE COMBATIVITÉ NE TE RESSEMBLE PAS DU TOUT...
QUEL PETIT TOUR AS-TU ENCORE MANIGANCÉ ?
J'AI PASSÉ L'ÂGE DES MANIGANCES PYROS... ET JE N'EN AI PAS LES MOYENS... JE SAIS RECONNAÎTRE MA DÉFAITE !
JE N'EN SUIS PAS SI SÛR, VIEILLE FEMME !
A MOI ! BRÛLOTS GRISONS BRANDONS
SAISISSEZ CES MICROBES !
LE CHIEN OUVRE LA BOUCHE POUR HURLER SA TERREUR...
MAIS SA GORGE NOUVELLE SE REFUSE À LUI OBÉIR.
AAAAAAAAAA
IL NE PEUT ÉMETTRE QU'UN LONG SANGLOT.

MAÎTRE ! TOUT EST PRÊT POUR L'APPAREILLAGE
PARFAIT MORGOL ! FAIS LEVER L'ANCRE !!

LE CHIEN SENT LA NEF CRAQUER SOUS SES LARGES PIEDS NUS...
IL CHERCHE AUTOUR DE LUI... IL VOUDRAIT TROUVER UN ABRI...
.... IL N'Y A PAS LE MOINDRE ABRI...
NON ORN ! RESTE TRANQUILLE.
ORN... ELLE... L'APPELLE ORN!
POURQUOI L'APPELLE-T-ELLE ORN? ...CE NOM N'EST PAS LE SIEN... IL APPARTIENT À QUELQU'UN D'AUTRE...
... LE CHIEN SE SOUVIENT DES JOURS ANCIENS REMPLIS DE JOIE ET D'INSOUCIANCE... IL SE RAPPELLE LES HEURES PASSÉES À CAVALER APRÈS LES TAUPES... LE CHIEN CONNAIT CHAQUE PIERRE DE L'ILE, CHAQUE TRONC D'ARBRE MARQUÉ DE SON URINE... IL REVOIT LE VILLAGE...
LES CHAMPS, LES COLLINES, LA PETITE CRIQUE TRANQUILLE, OÙ IL FAISAIT BON BARBOTER AVEC L'ENFANT, CELUI QU'ON APPELAIT... ORN!
27

...MAIS LE VILLAGE EST LOIN MAINTENANT. LE CHIEN PRESSENT QUE LE BONHEUR EST UNE CHOSE MORTE, ENFUIE À JAMAIS, AVEC LES TAUPES, DANS LA ROCAILLE
FAITES FORCER LES CADENCES!
QUEL SENTIMENT EXQUIS! QUELLE SUPRÊME JOUISSANCE! ...SONGER QUE TOUT CECI M'APPARTIENT DÉSORMAIS... ..TOUTES LES PUISSANCES DE L'EAU, DU FEU ET DE L'ÉTHER! ... AINSI QUE TOUS LES ÊTRES VIVANTS, LES CRÉATURES MINÉRALES, VÉGÉTALES ET ANIMALES QUI SONT INFÉODÉS AUX TROIS ÉLÉMENTS...
JE N'AI QU'UN MOT À DIRE, JE N'AI QU'UN GESTE À FAIRE! REGARDE, SILICE...
REGARDE!
TOUT EST POSSIBLE!

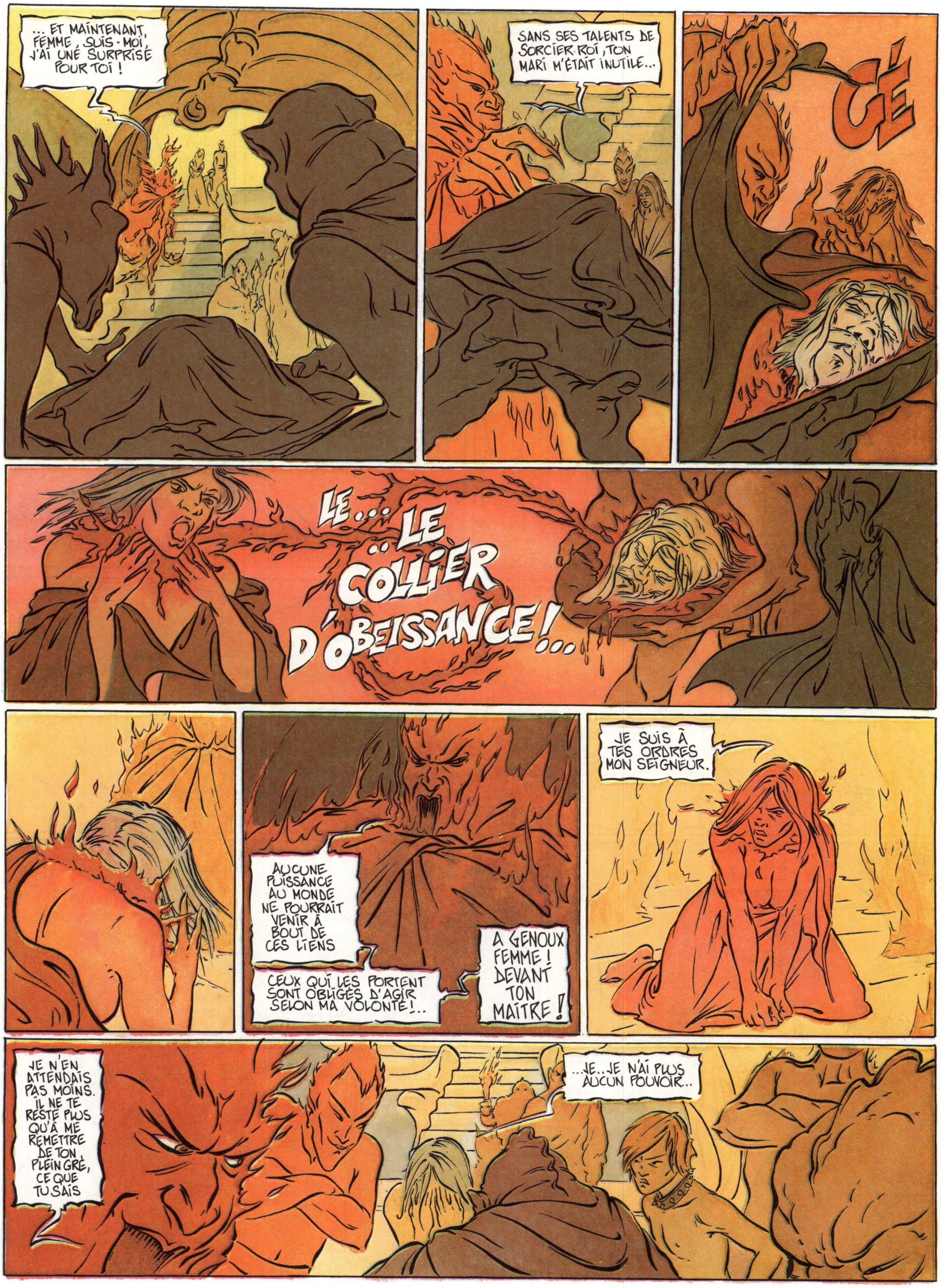
... ET MAINTENANT, FEMME, SUIS-MOI, J'AI UNE SURPRISE POUR TOI !
SANS SES TALENTS DE SORCIER-ROI, TON MARI M'ÉTAIT INUTILE...
GÉ
LE... LE ... COLLIER D'OBEISSANCE !...
AUCUNE PUISSANCE AU MONDE NE POURRAIT VENIR À BOUT DE CES LIENS
CEUX QUI LES PORTENT SONT OBLIGÉS D'AGIR SELON MA VOLONTÉ !...
A GENOUX FEMME ! DEVANT TON MAÎTRE !
JE SUIS À TES ORDRES MON SEIGNEUR.
JE N'EN ATTENDAIS PAS MOINS. IL NE TE RESTE PLUS QU'À ME REMETTRE DE TON PLEIN GRÉ, CE QUE TU SAIS
...JE... JE N'AI PLUS AUCUN POUVOIR...

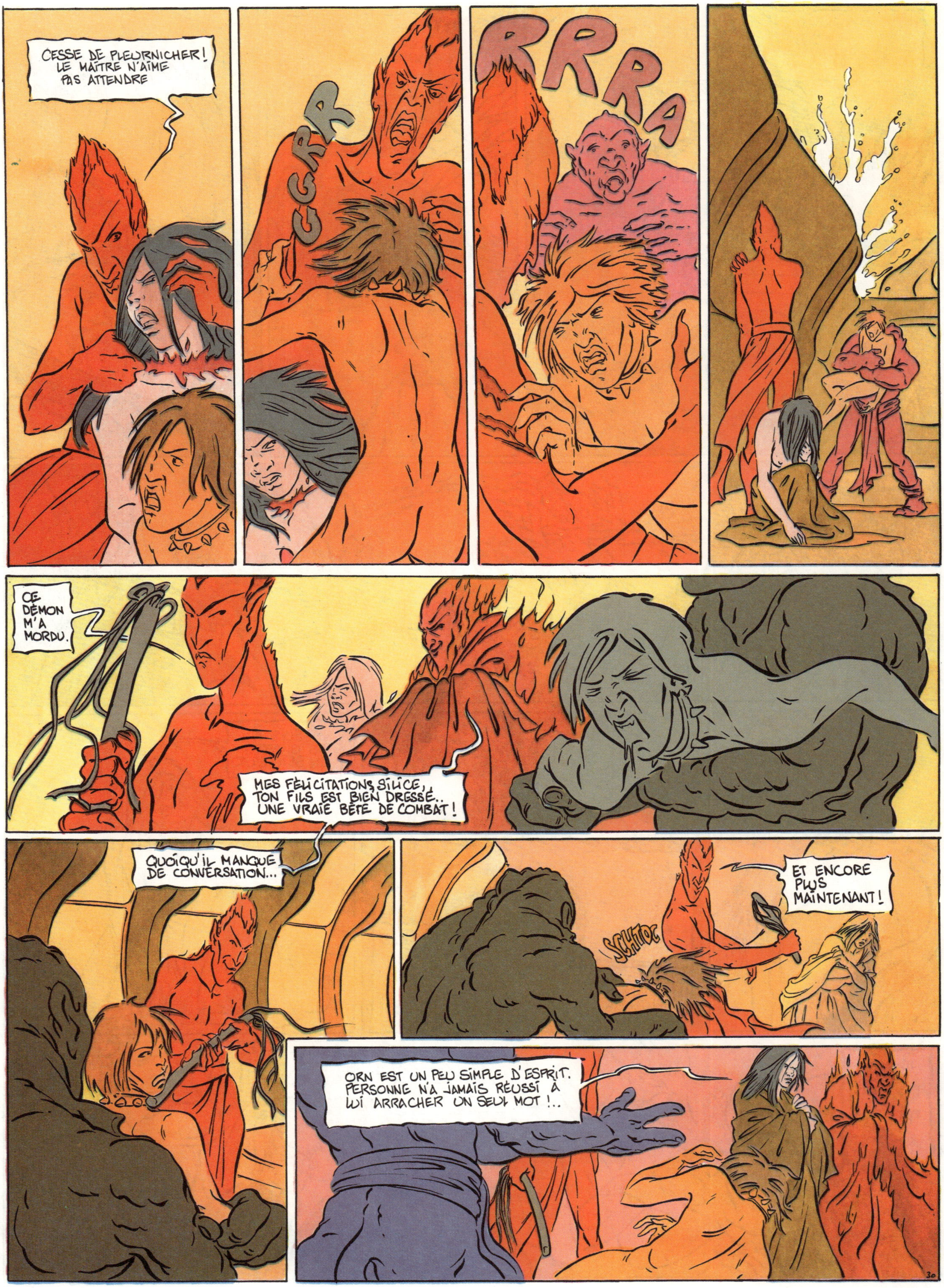
CESSE DE PLEURNICHER ! LE MAÎTRE N'AIME PAS ATTENDRE
GGRR
RRRA
CE DÉMON M'A MORDU.
MES FÉLICITATIONS SILICE, TON FILS EST BIEN DRESSÉ.. UNE VRAIE BÊTE DE COMBAT !
QUOIQU'IL MANQUE DE CONVERSATION...
SCHTOC
ET ENCORE PLUS MAINTENANT !
ORN EST UN PEU SIMPLE D'ESPRIT. PERSONNE N'A JAMAIS RÉUSSI À LUI ARRACHER UN SEUL MOT !..

LE CHIEN ÉCOUTE LA FEMME PARLER.. LA VOIX EST INHABITUELLE ET SONNE DÉSAGRÉABLEMENT.
DE CHACUNE DE SES PAROLES TRANSPIRE UNE PEUR QU'IL EST LE SEUL À PERCEVOIR.
TU MENS!
C'EST IMPOSSIBLE, SEIGNEUR, AUCUNE DES CRÉATURES ASSUJETTIES PAR LE COLLIER NE PEUT PLUS VOUS MENTIR!
CETTE VIEILLE FOLLE A DIT VRAI, ELLE N'A PLUS DE POUVOIR.. ELLE S'EN SERA DÉBARRASSÉE AVANT D'ACCEPTER DE VOUS SUIVRE
DÉBARRASSÉE!? COMMENT?!?
LA MAGIE DE LA TERRE NE PEUT ÊTRE DÉTRUITE! LA MAGIE DE LA TERRE NE PEUT QUE SE TRANSMETTRE!
AUCUN DES CUL-TERREUX DE CETTE ÎLE DE MALHEUR N'AURAIT ÉTÉ CAPABLE D'ASSUMER UNE TELLE CHARGE.
ALORS QUI?! CE DÉBILE?! MAIS NON! ÇA N'A PAS DE SENS!
UN SORCIER INVESTI DES POUVOIRS DE LA TERRE NE POURRAIT FAIRE SEMBLANT D'AVOIR L'AIR AUSSI BÊTE!
JE CONNAIS D'AUTRES MOYENS DE LUI DÉLIER LA LANGUE!

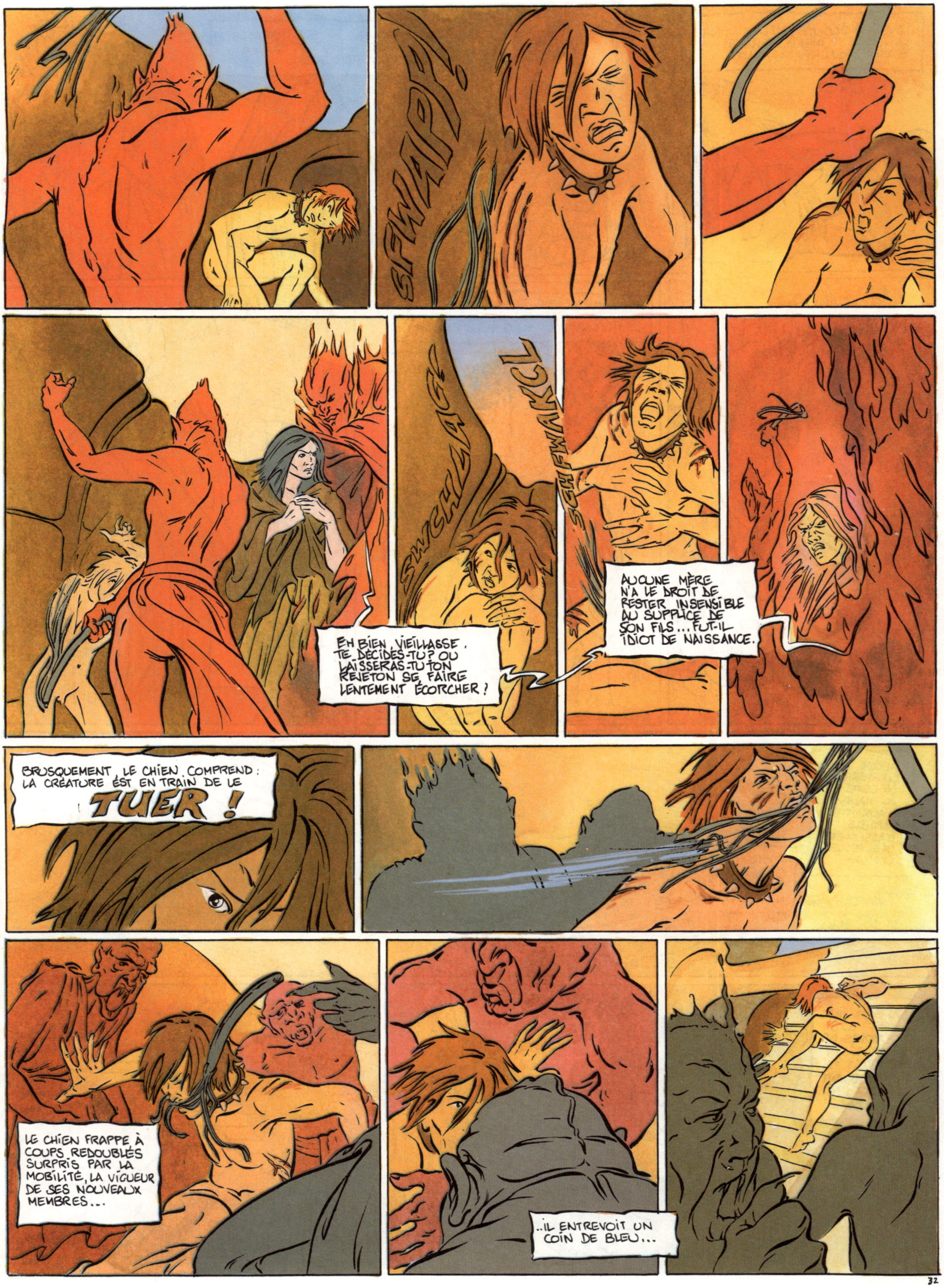

SFWAIPP!
SWCHLLACG
SCHFWAKCL
EH BIEN, VIEILLASSE, TE DÉCIDES-TU? OU LAISSERAS-TU TON REJETON SE FAIRE LENTEMENT ÉCORCHER ?
AUCUNE MÈRE N'A LE DROIT DE RESTER INSENSIBLE AU SUPPLICE DE SON FILS... FUT-IL IDIOT DE NAISSANCE.
BRUSQUEMENT, LE CHIEN COMPREND : LA CRÉATURE EST EN TRAIN DE LE TUER !
LE CHIEN FRAPPE À COUPS REDOUBLÉS SURPRIS PAR LA MOBILITÉ, LA VIGUEUR DE SES NOUVEAUX MEMBRES...
..IL ENTREVOIT UN COIN DE BLEU...

PLOUF
...L'EAU NOIRE EST TIÈDE ET BIENVEILLANTE..
QU'ATTENDEZ-VOUS POUR LE POURSUIVRE ?!
VOUS OUBLIEZ, VOTRE SPLENDEUR, QU'AUCUN DE NOUS NE SAIT NAGER!
VOUS N'ÊTES TOUS QU'UNE BANDE D'INCAPABLES! TANT PIS POUR CE MAUDIT BATARD!... L'OCÉAN SAURA S'EN CHARGER!
LES LÈVRES DE SILICE S'ENTROUVRENT SUR UNE ÉBAUCHE DE SOURIRE TRISTE... LA MORT DU CHIEN EST NÉCESSAIRE POUR QUE SE BRISE LE SORTILÈGE QUI RETIENT SON FILS PRISONNIER... À CETTE SECONDE, ORN DOIT AVOIR REPRIS SA FORME ORIGINELLE...
MAIS SILICE SE TROMPE.
L'ENFANT VOUDRAIT APPELER SA MÈRE MAIS ELLE EST LOIN.
...DE SA GORGE DE BÊTE NE MONTE QU'UN HURLEMENT...
OOOOOOOU
UUUHOUUOHOU
...VERS LE CIEL BOUCHÉ.
33

LA MER EST VIDE, SEIGNEUR ! AUCUNE TRACE DU GARÇON...
AUCUN ÊTRE DE CHAIR ET DE SANG N'AURAIT PU RÉSISTER À PAREILLE FURIE !
PAS LE MOINDRE BOUT DE TERRE À CENT LIEUES À LA RONDE, PAS LE MOINDRE RIVAGE OÙ LE FUYARD PUISSE PRENDRE PIED. IL DOIT SÛREMENT S'ÊTRE NOYÉ !
IL N'IMPORTE ! QU'ON LE FASSE CHERCHER !
L'AIR A DES YEUX EN MULTITUDE...
...LES SQUALES NE SONT QUE DES BÊTES BRUTES INCAPABLES DE S'ORGANISER, MAIS LA DÉPOUILLE N'ÉCHAPPERA PAS AU REGARD PERÇANT DES GOÉLANDS !
POUR LA CENT-MILLIÈME FOIS, LE CHIEN SCRUTE L'HORIZON, POUR LA CENT-MILLIÈME FOIS, IL NE VOIT QUE DE L'EAU !
LE CHIEN SE MORD LA LÈVRE POUR NE PAS S'ENDORMIR. SES MEMBRES CONTINUENT DE S'AGITER SOUS LUI POUR LE MAINTENIR À LA SURFACE...
DANS MOINS D'UNE HEURE, LE SOLEIL BLANC SERA JUSTE À LA VERTICALE...
DANS MOINS D'UNE HEURE, VIENDRA LA SOIF !

QUELQUECHOSE DE FROID FRÔLE SA JAMBE....
UN NOUVEAU CHOC, BRUTAL CETTE FOIS LUI ARRACHE UN PETIT CRI PLAINTIF.
L'EAU S'ENGOUFFRE DANS SA BOUCHE OUVERTE...
IL TOUSSE, CRACHE, FRAPPE EN AVEUGLE AUTOUR DE LUI ...
EEEEEK EEEK EEK EEK EEEEEEEEEEK

LE CHIEN OUVRE LES YEUX, REGARDE AUTOUR DE LUI... IL NE RECONNAIT RIEN DE SON NOUVEAU DÉCOR...
EH BIEN ! PETIT BONHOMME, QUEL EFFET CELA FAIT-IL DE RETROUVER LA TERRE FERME ?
JE COMPRENDS TA SURPRISE, GARÇON ! D'ORDINAIRE, LES TORTUES SONT PLUTÔT SILENCIEUSES !
...MAIS NOUS SOMMES TOUS ICI UN PEU PLUS QUE DES ANIMAUX...
ORKAËLLE L'A VOULU AINSI..
ELLE S'ENNUYAIT, SEULE SUR CE MONDE, ET NOUS A PRÊTÉ LE DON DE PAROLE POUR SE CRÉER DE LA COMPAGNIE...
ALORS, TU NE RÉPONDS PAS ? SERAIS-TU SOURD... OU BIEN MUET ?...
LAISSE-LE TRANQUILLE ! MAUDITE BAVARDE ! NE VOIS-TU PAS QUE CE PAUVRE GARÇON EST ENCORE SOUS LE CHOC !

REGARDE ! SES YEUX SONT CEUX D'UN FOU OU D'UN ANIMAL ENRAGÉ... IL DOIT AVOIR TRÈS PEUR DE MOI...
MIEUX VAUT PRÉVENIR ORKAËLLE... ELLE SEULE CONNAÎT LES MOTS QUI APAISENT...
RRAOARRG
GRRRRR...
LE CHIEN N'ÉPROUVE PAS DE COLÈRE. ... NI MÊME L'OMBRE D'UN SENTIMENT DE HONTE..
... IL AVAIT PEUR... ... IL A TUÉ !
... SE DÉROBENT.
LE CHIEN A FAIM SES DENTS SE PLANTENT DANS LA FOURRURE...
... GLISSENT..

...UN COURT INSTANT DÉSEMPARÉ, LE CHIEN S'EST SOUVENU DE SES MAINS ET DE LEUR USAGE..
LE FROID MONTE DE LA TERRE HUMIDE .... LE CHIEN FRISSONNE..
.... SOUS SA PEAU NUE...

LE CHIEN A SOIF...
ORN !
IL RECONNAIT LE VISAGE D'ORN
SON AMI EST REVENU !

ORN?
FLAP FLAP FLAP FLAP

HO LÀ ! NOUS SOMMES À LA RECHERCHE D'UN JEUNE GARÇON ! EST-IL CHEZ TOI ?
FICHEZ LE CAMP D'ICI, MES MAÎTRES SAURONT PUNIR QUICONQUE FRANCHIRA CE SEUIL !
TES MAÎTRES ! PAUVRE IGNORANTE !
DÉSORMAIS, L'UNIVERS NE COMPTE PLUS QU'UN SEUL MAÎTRE !..
ET C'EST CELUI QUE NOUS SERVONS !
PYROS !?
.. IL ME SEMBLAIT AUSSI QUE LES ÉTOILES BRILLAIENT D'UN ÉCLAT PLUS SOUTENU..
QUI DONC EST-TU POUR NOUS BRAVER LA FILLE ?
JE SUIS ORKAËLLE, ISSUE DE L'EAU ET LA TERRE
TES PARRAINS NE TE SONT PLUS D'AUCUN SECOURS LE VIEUX GÉ A PERDU LA TÊTE...
QUANT À HYDOR, PYROS LE TIENT ENTIÈREMENT SOUS SA DÉPENDANCE.
VOUS MENTEZ !

LES PUISSANCES DE LA TERRE SONT INTACTES
CEUX-LÀ NE PEUVENT PLUS FAIRE DE MAL !
MAIS IL EN VIENDRA BEAUCOUP D'AUTRES...
... IL FAUT QUE NOTRE VISITEUR SOIT DIABLEMENT IMPORTANT POUR QUE PYROS SE DONNE LA PEINE DE NOUS ENVOYER SES LARBINS !
QUEL GENRE DE CRÉATURE EST-IL ?
IL A L'ASPECT D'UN JEUNE GARÇON, MAIS SON REGARD EST CELUI D'UNE BÊTE. IL S'EST JETÉ SUR LE RENARD AVANT QUE J'AI PU RÉALISER...
ON NE PEUT PAS LUI EN VOULOIR AVANT DE CONNAÎTRE SON SECRET ET LA RAISON DE SA PRÉSENCE DANS NOTRE PARADIS..

POUR CE QUI EST DE SA PRÉSENCE, J'Y SUIS UN PEU POUR QUELQUE CHOSE... JE L'AI DÉCOUVERT EN PLEINE MER, À PLUSIEURS JOURS DE BRASSES D'ICI, ALORS QU'UN GOÉLAND PRIS DE FOLIE L'ATTAQUAIT.
J'AI RÉUSSI À LE SAUVER EN LE TENANT DISSIMULÉ À L'ABRI DE MA CARAPACE...
...NI LES GOÉLANDS NI LES REQUINS N'ONT OSÉ RISQUER LEURS DENTS SUR MA CARCASSE...
SANS DOUTE CES BÊTES NE FAISAIENT QU'OBÉIR AUX ORDRES DE PYROS PUISQUE CE DÉMON SEMBLE MAÎTRE DES FORCES DE L'AIR ET DE L'EAU !
J'AI PU NAGER JUSQU'AU RIVAGE POUR DÉPOSER LE NAUFRAGÉ... SI J'AVAIS PU IMAGINER QUE NOTRE MALHEUREUX RENARD AURAIT À PAYER DE SA VIE MA NAÏVE GÉNÉROSITÉ!
IL FAUT RETROUVER CE GARÇON AVANT QU'IL N'AIT EU LE LOISIR DE COMMETTRE D'AUTRES MÉFAITS...
MON ÎLE N'EST PAS SI VASTE...

LE CHIEN NE COMPREND TOUJOURS PAS COMMENT IL EST ARRIVÉ LÀ
LES SOUVENIRS DES DERNIÈRES HEURES REPRENNENT LEUR PLACE DANS SA MÉMOIRE ...MAIS À QUOI BON LES SOUVENIRS... SEUL IMPORTE L'INSTANT PRÉSENT.
L'IMAGE DE LA FILLE AU SERPENT RESTE INCRUSTÉE DANS SA CERVELLE COMME UNE MARQUE DANS L'ARGILE...
POURQUOI VEUT-IL LUI RESSEMBLER?
IL NE SE POSE PAS LA QUESTION..
COMMENT POURRAIT-IL SE DOUTER QU'IL N'EST PLUS TOUT À FAIT UN CHIEN..
..QU'IL N'EST PAS TOUT A FAIT UN HOMME?..
OOOUWWUOUW
Olivier Raffin
TEXTE
PATRICK COTHIAS
COULEURS
YVES LENCOT - VIOLAINE POIRIER -
Comment pourrait-il soupçonner que ses fantastiques aventures ne font encore que commencer...
Les aventures d'ORN CŒUR DE CHIEN.